울다 남은 웃음

김원옥

서울에서 태어나 숙명여자대학교 불문학과와 성균관대학교 대학원 불문학과를 졸업하고 프랑스 루앙대학교 불문학과 박사과정을 3년 수료했다. 한양대와 숭실대 등에 출강하였고, 『정신과표현』으로 등단하여 시를 쓰고 있다. 인천광역시문화원협회장과 인천시연수문화원장을 역임했다. 현재, 인천 알리앙스 프랑세즈 프랑스문화원 운영위원장으로 활동하고 있다. 시집으로 『바다의 비망록』 『시간과의 동행』 『울다 남은 웃음』, 역서로는 『실존주의』(폴 풀끼에, 탐구당) 『사랑은 이름표를 묻지 않는다』(망디아르그, 예전사), 에세이집으로 『먼 데서 오는 여인』 등이 있다.

wonokim@naver.com

황금알 시인선 265

울다 남은 웃음

초판발행일 | 2023년 3월 30일

지은이 | 김원옥
펴낸곳 | 도서출판 황금알
펴낸이 | 金永馥
주간 | 김영탁
편집실장 | 조경숙
표지디자인 | 칼라박스
주소 | 03088 서울시 종로구 이화장2길 29-3, 104호(동숭동)
전화 | 02)2275-9171
팩스 | 02)2275-9172
이메일 | tibet21@hanmail.net
홈페이지 | http://goldegg21.com
출판등록 | 2003년 03월 26일(제300-2003-230호)

울다 남은 웃음

김원옥 시집

황금알

반갑다 시야

조물주는 다 계획이 있었구나
너를 만나게 하려고
그 먼 길을 돌고 돌아
여기에 오게 했구나

진창에 있던 어린 싹이 훌쩍 자라
연꽃 활짝 필 때를 기다리면서
베인 자리에 고춧가루 뿌려진 듯
얼얼한 가슴
곰삭을 때를 기다리면서
겨울바람에
갈대 다 꺾이고 또 부러지는
숱한 시간을 흘려보내면서
햇간장 익어갈 때
흰 곰팡이꽃 피듯
나날이 나날이
흰머리 피어날 때를
무던히도 기다리면서

6월의 모란
쇠잔한 빛을 내면서
두어 개의 꽃잎
겨우 달고 있을 즈음과 같은
나와 손잡고
가게 하려구

떠다니는
으스스한 가을바람 소리
더 이상 홀로 듣지 않게 하려구
너를 나에게 보냈구나

시야 반갑다

2023년 봄이 오는 동춘에서
김원옥

차 례

1부 별 하나

별 하나 · 12

시간의 불사조 · 13

과거의 현존 · 14

하루를 산다면 · 15

하나 되는 날 · 16

죽음의 그림자 · 17

춤추는 백련 · 18

아픈 세상 · 20

늦여름 매미 · 21

바람이 불지 않아 · 22

날리는 세월 · 24

마지막 눈 · 26

또 다른 시절 · 28

늘 언제나 · 30

광란의 3월 · 32

2부 홀로 가는 구름

홀로 가는 구름 · 34

생명 · 35

파도타기 · 36

정다운 이름을 찾아서 · 38

윤회 · 40

오래된 정 · 41

어느 마지막 순간 · 42

얄궂은 소풍 · 44

아득히 먼 · 46

연안부두에서 · 48

떠나기 전 · 50

돌의 슬픔 · 52

구겨진 얼굴 · 54

거꾸로 된 세상 · 56

시절 탓 · 58

3부 울다 남은 웃음

침묵의 노래 · 60

혼자 있는 일 · 61

울다 남은 웃음 · 62

태산 · 64

인생 · 65

저당잡힌 길 · 66

시집가는 날 · 68

사랑 · 70

당신의 음성 · 71

배신 · 72

마중 · 74

두 갈래길 · 76

길 찾는 말 · 78

기억 저 너머 · 80

그 말 · 82

4부 꽃이었으면

한 마리 새가 되어 · 86

꽃이었으면 · 87

백련사 가는 길 · 88

하얀 귀 · 90

폐허 위에 서서 · 92

초겨울 소묘 · 94

쪽달의 미소 · 96

지금 나 · 98

가을 어느 날 · 100

위대했던 여름 · 102

불통不通 · 104

절반의 세상 · 106

까치집 · 107

군자란을 보며 · 108

그런 때 · 110

■ 해설 | 이찬규
등불을 들고 가는 시인 · 111

1부

별 하나

별 하나

어린아이처럼
엄마 가지 마
울다울다 잠이 깼다
땀에 흥건히 젖었다
베란다로 나온다
창문을 열고 하늘을 본다

저 멀리
눈물방울 같은
별 하나

시간의 불사조

아는 것
가진 것
하나 없는데
무엇을 보내야 하나
무엇을

활공하는 독수리의
멈춘 듯이 보이는 순간의
의미만이 있는 지금을
껴안고 있을 뿐

시간의 불사조는
우리 앞을 날아간다 가볍게
노래하며 즐겁게
발걸음마다에 새겨진 죽음을
거부하면서

바람은 죽음을 스치며
묵직한 휴식의 밤은 계속되리

과거의 현존

이제 가을이다

어느 날
나는 죽음을 보았다
네가 죽음을 택하였을 때
네가 선택한 그 장소는
진지한 곳이 되었다
거기서 너는 영원히 지낼 것이다
너의 형체가 조금씩 변화할 때마다
더 이상은 분별할 수 없는 어떤 원소로
흙 속에 섞여
향기로 떠돌리라
그것은 내게 정령으로 돌아와
마음속에 남는 불멸의 것이 되었다
그리하여 현실에서의 너의 부재는
내 마음속에서 영원한 현존이 되었다

떨어진 나뭇잎은 영원히 사라지지만
그 자리에 다시 돋은 잎은
지난날의 모습을 현존으로 만들 듯

하루를 산다면

떨어지는 눈물
은하수에 이른다면
은하수로 흘러흘러
너에게 간다면
너에게 이르러
별이 된다면
나 또 산산이 부서지고
가루가 되어
파르르 먼지 하나
너에게 간다면
가서 쌓인 먼지
보석이 된다면
네 가슴에 숨어
천년을 산다면
너의 품에 안겨
하루를 잔다면

하나 되는 날

회오리 지나가고
먹구름도 지나가고
산은 남는다

제비꽃 피는 봄 지나가고
도토리 떨어지는 가을 지나가고
나는 남는다

푸른 산은
내게
푸른 그늘
드리운다

나
거기서 잠든다

죽음의 그림자

백천사 마당 옆으로
개울물 흐르고
뒷산 중턱에 머물던 비안개 방울
수양버들 가지 흔들면서 내려와
내 얼굴에 떨어지네

빗방울에 얹혀
슬며시 다가오네
여름 내내
떼어 보낸 너
몸속에 찍힌 지장指章
드러내려 하는가

비탈진 개울가
수양버들 장막 뒤에
숨어있는

그 사람

춤추는 백련

무의도 안쪽
하나개해수욕장 가는 길에
모래 둔덕이 있고
그 너머 늪 언저리에
작은 연못이 있다

그 연못에
연방蓮房 하나씩 이고 있는
연잎들 위로
백련白蓮 두 송이
철 늦게 피어올랐다

초면인 그들과
나란히 앉아
썰물 지는 것을
함께 보고 있노라니
내 마음도 까닭 없이
휑하니 썰물 진다

어디론가
실컷 쏘다니던 갯바람이
불현듯 찾아와
장난치듯 백련 어깨를 툭 치니
움찔 놀란 듯
잠시 두리번거리다
갯바람 허리를 붙잡고
한바탕 신나게 춤을 춘다
호룡곡산 등성이에 숨어
이걸 보고 있던 달이
"그럼 그렇지
무의도에선 백련도 춤추지 않고선
못 배기지" 하더니
슬그머니 구름 뒤로
얼굴을 감춘다

아픈 세상

푸르디푸른 하늘
누가 죽였나
내가 자는 동안
내가 우는 동안

달빛 그림자 밟고 왔는데
나를 인도하던 달은
또 어디로 숨었는지

홀로 가야 하는 나에게
차가운 바람은 오락가락
사방 어둠 내리는데

아득하게 흘러간
황매화 지던 시절

아프다 세상이

늦여름 매미

매미 한 마리
저 혼자 긴 가락으로 운다
매미 모두 신고
떠난다는 전갈 받았을 텐데

여름 내내 바라만 보던 사랑
가을이 온 줄 몰랐나

저리 목을 빼고 부르는데
어느새 떠나버렸나
황량한 외침만 메아리 되고

단풍나무 부여안고 울부짖는
못 다 피운 불꽃

바람이 불지 않아

작년에 구입한 북
진양조장단으로
속마음을 토해내다가
내 북소리 어떠냐고
물어보았더니
북소리지 뭐가 어떠냐고 한다

북소리지 뭐가 어떠냐고?
혼자 중얼거리며
밤 산책을 나선다
밤공기는
소리 없는 울부짖음을
내게서만 맴돌게 한다
어떤 죽음의 별도
나를 어느 길로도 인도하지 않는다

낙엽 쓸어가는 바람
아니 광풍이나 휙 불면
흩어질 텐데

바람이 불지 않아서

구원할 수 없는 그대의 부재
이 미완성의 가을밤

날리는 세월

푸른 여명으로 감싸인
서해는 신선했다

꽃송이마다에 담겨있는
봄볕 다가와
우리의 마음을 어루만지고

유채꽃 속에서
숨바꼭질하는
나비의 팔랑거림

마른 가지에
앉아있는 까마귀

뺨 어는 기억의 틈새로
바람 들락거리면서
휑한 가슴 휘젓는데

가는 이 없는 길 끝에서

보이는 조각달
삭풍에 흐트러지네

마지막 눈

12월 31일
눈이 내린다
더 내려라
펑펑 내려라
온 세상을 덮어라

지나간 세월은 나의 갈증이었다

오 그대 눈의 날개
가벼운 날개로 나를 깨워라
그리고 어떤 시작을 찾아서
나를 데려가라
뽀얀 세상과 똑같은 곳으로
우주의 운행처럼
그 후에 예쁜 싹이 틀 테니

내 지난 세월을 덮어라
내 모든 흠의 날들을 덮어라
내일 아침 눈을 떴을 때

하얗게 새로운 세상만 있어라
눈이 부시도록 뽀얀 세상만 있어라

또 다른 시절

어둠 속에서 내가 붙잡아야 할 것도
어둠 속에서 내가 보아야 할 것도 없는
내가 원하는 것은 단 한 가지
내일 아침 눈뜨지 않게 해달라는 것

모든 것이 멈추어 버렸을 때
모든 것이 침묵을 지킬 때
내게 슬며시 들려준 그대의 음성
제발 지켜달라는 그 가련한 음성
꺼져버린 불에서 불씨를 찾아달라는

나 어릴 적 유일한 동무였던 꿈
어둠 속에서 그대를 잃었었지
그런데 그대는 나를 잊지 않았어

그대 속에서 살아가리라
그대 속에서 모든 불씨를 꺼내리라

그대가 나를 끌어올린 여기서

나는 또 다른 시절을 환하게 맞이하리
지금까지 소리쳐 본 적 없는 가장 큰 외침으로
지금까지 불타 본 적 없는 가장 큰 불꽃으로

늘 언제나

늘 언제나
늘 그렇게

아침에 일어나서
커피를 마신다
개그 프로를 틀어놓고
큰 소리로 웃지
목도리를 칭칭 감고
혼자 거리를 서성이고
눈물이 흐를까 봐
하늘 한번 쳐다보고
어두워지면 집에 돌아와
전등을 모두 켠다
눈이 부시고
하고 싶은 말 있어
소리쳐 불러도
30여 년 전에 떠난 당신
끝내 대답이 없고
전화 소리 울린다

큰소리로 웃으면서
대꾸를 하지
건강하게 잘 지내서 좋다는
그런 말 들려오고
초인종 소리도 없는 집에서
혼자 밥을 먹고
혼자 잠을 자고

늘 언제나
늘 그렇게

광란의 3월

싹을 트게 하고
개나리를 피게 하고
진달래를 피게 하고
동백 산수유 벚꽃 매화 목련 등을 피게 하고
이렇게 천지에 불을 지르고

검게 탄 늙은 나무에게
이런 불들을 섞는다면
나무는 말할 수 있을까
태어났다고
죽음이여 잘 가라고

3월이 가고 나면
꽃들은
자신을 에워싸던
활활 타던
그들의 사랑을
그들의 삶을 모두 마셔버릴 텐데

2부

홀로 가는 구름

홀로 가는 구름

봄볕 따뜻한 하늘에
저 구름 홀로 가네

너도 있고
나도 있어
이 세상 따뜻했네

우리 손 잡고 걷다가
나타난 두 갈래길
너는 그길로 비틀비틀
나는 여기 서서

봄 푸른 하늘에
구름 흘러가는 소리 듣네

생명

아파트에 장이 섰다
봄이 다가오니
곧 꽃을 피울 것 같은
화분들이 쭉 늘어서 있다
하나하나 보면서 걸으니
하나 사라고 권한다

어느 날부턴가
나는 생명 있는 것은 사지 않으리라
마음먹었다

나보다 오래 살까 봐

파도타기

나도 모르게 나선 길

밀리는 파도를
파도를 타야 했다
파도와 파도 사이를 용케 돌아
스텐딩 서핑으로
떨어질 듯 빠질 듯
기우뚱거리는 항해였다

그 순간의 맛을 누가 아나
내가 나를 칭찬하면서
내가 나에게 금메달을 주면서
나 혼자 챔피언이면서
해안에 닿았다

이내 깔리는 물가
혼자 숨 고르며
바다 끝 바라본다

이제
덮치는 물살은 없고
뜨겁던 해는
바다에 씻긴다

물빛 어두워지는
이 모랫벌에
짝 잃은
갈매기 한 마리
있으면 좋겠다

정다운 이름을 찾아서

비가 내린다
비까지 내린다

우리는 늙어가고 있었다
그는 죽음을
나는 삶을

바람이 일어서고
구름이 돌아올 때
그는 무엇을 하려 했던가
자신이 더 머물기를 원할 때
내가 그를 끌어올릴 허공에
번갯불의 길이 열렸으리
그는 생생한 빛 속에서
욕망의 대낮을 맞이했으리
그러나
그의 존재가 아무리 빛날지라도
나를 향하던 목소리는 스러졌다

비는 내리고
비까지 내리고

그는 떠났다

그의 욕망은 부서진다
나는 간다
그의 어두운 길을 지나
정다운 이름을 찾아서

윤회

돈을 찾아
사랑을 찾아
먼지인 듯
바람인 듯
흐르다
해거름 강가에 앉아
강기슭 꽃이 될까
나비가 될까

무엇이 될까
숯등걸 같은 가슴
말없이 적셔주던
한 잔 술은

오래된 정

잎 돋아나고
꽃바람에
하늘도 취해
구름도 수선을 떨고
세상이 좋아
무서운 게 뭔지
모르고 왔는데
한철 두 철 지나니
늙어 잎 떨어지고
흔들리는 검은 가지로
비틀거리는 몸부림

"생로병사라지요
우리 지금 병의 자리요"
뜨겁던 불 우리 앞을 지나가고
설렁한 바람이 실어오는
검은 그림자 곁에서
아직도 봄인 양
통화를 한다
그 시절 만난 사람과

어느 마지막 순간

좀 전의 일도 까마득한
이 빈사 상태의 순간들
꽃을 볼까
노래를 들을까
무엇이 이 시간을 깨울지

나뭇가지에서 막 떨어진
아직 땅에 닿지 않은
나뭇잎의 낙하를
어떤 바람은 조용히
어떤 바람은 휘몰아치면서
땅에 닿게 할 텐데

나뭇잎의 비명소리가 들리다
까르르 웃는 소리가 들리다
결국 깊은 비참으로 해체될
이 경계의 순간

처음으로 맞게 될

그 세상에서
어떻게 시작될까
그들의 노랫말은

얄궂은 소풍

수십 년째
내 앞을 걸어가는
검은 옷 입은 저 사람
시간에 맞춰 그곳까지 가야 하니
길을 몰라 따라오긴 했는데
가던 대로 가지
요즘
왜 그리 빨리 가오
조금만 천천히 가소

날아가던 병든 기러기 떨어지듯
내려앉은 초겨울
싸락눈 위 흰바람 불면
차가운 달빛에 한 가닥 외길
펄럭거리는
풍경도 한 번 보고
모진 삭풍 지날 때
우듬지의
통곡 소리도 한 번 들어보게

앞에 가는 저 사람
서두르지 말아 주소
서리 내린 길 위에
얼어붙은 내 그림자
한 번 더 보게
초고속 회오리바람도
쉬어 갈 때가 있다오

아득히 먼

한평생
놀이기구를 탄 탓에
빙빙 도는 세상
어떤 말도
어떤 침묵도
붙잡을 수 없어
하늘을 바라본다

거짓 없는
푸른 하늘에
핏기없는 구름 간다
비틀거리면서

현기증이
눈처럼 내린다
난 꽃잎 떨어지던
그 봄이
가물가물
잠자리 잡으러

풀숲 헤매던 시절
흘러간다
천둥 치는 비바람 훤히 비추던
그 유한성의 순간

하늘이 빙빙 돈다
아득히 먼
구원할 수 없는 순간들

연안부두에서

바지선도 잠들어 있는
인천 연안부두
바람도 없는데
이 새벽 유난히 비린내 풍기며
출렁이는구나
저녁 무렵 출항하는 어느 배에서
떨어뜨린 사랑 때문인가

재갈매기 한 마리
흔들리는 돛대 위에 쭈그리고 앉아
바다를 응시하는 까닭은
닳고 뭉개져 버린
쉰 목소리밖에 낼 수 없기
때문은 아닐 것인데

마침내
재갈매기
바다에 뛰어들어
자맥질한다

자유로운 한 척의 배처럼

침잠하는 사랑 찾는 걸까

나 숨죽여 바라본다

떠나기 전

단거리 주자처럼 달려가는
세월에 휘둘려
끌려 온 여기
이 항구를 떠난 숱한 사람들이
항해하는 먼바다에서
나를 싣고 가려고 오는 배
배가 닿기 전에
한 번 더 둘러본다
낯익은 횟집 선술집 여인숙
철새에게 작별하듯
손 흔든다

찬바람
끈덕지게 불어
얼은 몸

마지막
육지에서
따뜻한 햇볕

잠시
내리쬐어 준다면

한세상 잘 살았다고 말하겠네

돌의 슬픔

서귀포 바닷가 한 귀퉁이에
호두암虎頭岩이 있다
입을 딱 벌린 호랑이가
사냥하는 모습

바람을 가르며 포획물을 향해
달려가는 매서운 눈빛
마치 하늘이 준 사명을 다하려는 듯
그것이 타고난 희망이라는 듯

넘실거리는 초원을 달려
멀리 더 멀리 가면
출렁이는 숲속에
네 사랑도 네 먹이도 있을 테지만

바닷물의 거품이 허옇게 이는
슬픈 장소에 끊임없이 으르렁거리는
거친 파도가 다가올 때
얼마나 너의 희망은 부서지고

사라져버릴 것인가

달릴 수 없는 삶을 선택한
너의 꿈은 멀고 아득한데
언제나 그렇게 턱이 빠지도록
검은빛을 두른 너는 입을 벌린 채
허기진 배를 채우지 못하는 너의 부동不動은
온갖 고통 온갖 기억을 뛰어넘는
죽음의 현존을 껴안고 있다

사냥감을 향한 너의 날쌘 공격
너의 포효의 기상은 끝나지 않았는데
구원할 수 없는 영원을 향해 울부짖는 너에게서
공격의 희망은 재처럼 스러져 간다
땅거미 질 무렵의 하늘색을 띤
죄 없는 네 얼굴에서
한쪽 눈에서 흐르는 허연 눈물에서

구겨진 얼굴

쏟아붓는
빗줄기 타고 왔는가 이 밤
구겨진 얼굴로
유리창에 달라붙어 있구나

지난 여름
천년을 두고도 풀지 못할 말
끝내자
빗속에 흘리고 가
그 많은 밤이
기억을 흐리게 하길
바랐었지

그 말 가지러 왔는가
질척이는 이 밤에
수 세기를 두고도
지워지지 않을
매 순간 태어나는 그 말

너의 구겨진 얼굴 곁에서
밤샘을 해야 하나
밤새
유리창을 닦아야 하나

거꾸로 된 세상

햇빛 쏟아지는
호숫가에 앉아
잔잔한 수면 바라본다

부레옥잠 가슴에 안고
온갖 잡초 옆구리에 끼고
먼 데 아파트 그림자
산 그림자
나무 그림자 품은 호수
바람에 흔들리는 하늘이
떠받들고 있다

돌멩이 하나 던져 본다
거꾸로 된 세상 산산이
부서진다
사팔뜨기 그가
한눈팔던
어지럽던 세상 부서진다

부서진 조각들
피안으로 가라고
모두가 사라진
조용한 호수에
부레옥잠꽃 새로 피어
구름이 쉬는 저 아래
하늘 위로
연보라 풍등
훨훨 날아오른다

시절 탓

해묵은 삶 속에 남아있는
거추장스러운
사랑도 끊어내고
정도 끊어내고
기억도 끊어내고
뼈만 남으면
꽃이 펴도 좋다고
꽃이 져도 좋다고
이래도 저래도 좋다고

아지랑이 더불어
봄이 갔네
한바탕 소나기 따라
여름 갔네
빈 가지에 찬 서리

땅거미 내려앉는
억새밭에
멍하니 서서
구원할 수 없는 시간 바라보다

3부

울다 남은 웃음

침묵의 노래

제부도 가는 길에 하늘을 보았습니다
저 멀리 하늘 한쪽 귀퉁이로 급히 날아가는
갈매기 한 마리 있습니다 검붉은 구름 몇 조각도
그 곁에 떠 있습니다 저쪽 아래 수평선은 눈물
머금은 해를 야금야금 갉아먹고 아픔을 견디는
신음은 하늘 가득 붉게 번지고 있습니다 내가
서 있는 기슭은 빛이 비춰주는 유예된 시간을
보여 주기도 합니다 하루를 증발시키는
광시곡의 음표들입니다 사라져가는 고통은
이런 화음으로 침묵의 노래를 부르나 봅니다
제부도 가는 길에 한 영혼을 거두어들이려
눈시울 적시는 하늘을 보았습니다

혼자 있는 일

거실에서 떠드는 TV 소리 사람을 죽여? 누가? 니 형
이?

쓰레기차 후진하는 소리 삐익삐익 하나둘 셋 열일곱
열여덟

뒤창 가에 까치 소리 꽥꽥꽥

누가 자동차 클랙슨 누른다 빵빵 빨리 와

숨넘어갈 듯 끊어질 듯 들리는 대금 소리 청성곡淸聲曲

매미는 다 내 귀로 들어왔는지 윙윙

위층에서는 드릴로 드르릉 망치로 쾅쾅

다섯 시까지 단수 안내방송

잘 보지도 않는데 카톡 카톡

깜빡 잠이 들다 깨다 들다 깨다

여전히 궂은비 추적거리고

젖은 잎들 사이로 솨르르 지나가는 바람 소리

따라 지난날의 영상도 흘깃거리면서 가고

커피 또 커피를 마신다

울다 남은 웃음

무지개가 떴다
그것은 낮의 빛 속에서
오래도록 영롱했다

어느 날부터
한 색깔 한 색깔
하늘 골짜기로 떨어져 갔다
떨어질 때마다
괴로움이 필요했던 것의
하늘이 무너지는 것의
바람을 얼굴에 맞곤 했다

격렬하게 엉켰던 시절이 가고
칼날처럼
황폐해진 세상에서
상처받은 시간이 지나
아름드리나무들의
검게 탄 미소 위에 남은
일그러진 두 색깔

삶의 무익성 속에서
침묵을 지키게 될
그날은

태산

집으로 가는 중에
벤치에 앉아있는 앞집 할머니를 만났다
옆에 와 앉으라고 손짓한다
"추운데 산책 나오셨어요?"
"늘 하는 일이니까"
"몇 살이유?"
"일흔이 넘었어요"
"좋은 나이네 아직 색시지 뭐
나는 낼 모래 구십이여"

"혼자 사우?"
"네"

둘이 말없이 떨어지는 낙엽을 본다
"저 가슴에도 태산이 있는 게비여 다 떨어지네…"

인생

뼛속까지 시린 아침
밤보다 더 어둡게
구름이 끼어있다
뿌옇게 눈을 퍼붓는다
개이는 듯하더니
공중에서 진눈깨비 흩뿌린다
길바닥은 미끌미끌 얼었다

바람이 불다 간다
구름 머물다 간다
까마귀 한 마리 울다 간다
우듬지에 붙어있던 나뭇잎 하나
결국 떨어지고 만다

온종일 이렇게 오고 가다
저무는 겨울

인생

저당잡힌 길

나는 왕이다
왕의 옷을 입고
왕의 얼굴을 하고
왕처럼 먹고
왕처럼 말하고
왕처럼 걷는다
끝이 안 보이는 길 위에서

불이 꺼지고
객석도 비고
혼자인 나를
본다

우습다
내 울음소리
들어본 적 없으니

파도처럼
춤추며

질러볼까
웃음을
울음을

시집가는 날
— 운현궁에서

여름내 햇살 가득
머리에 받아서 이고
서 있는 나무들이 그늘 드리운
이로당二老堂 뜨락에서
연지곤지 바른 얼굴
연분홍 수줍음으로
고개 숙일 때
속살 고운 나뭇잎 징검다리
딛고 가만가만 건너온 초가을 바람
앞 댕기에 가려진 얼굴
살짝 들여다보다가
콧잔등에 송골송골 맺힌 땀방울
닦아주네

사랑씨 받아
가슴에 키운 정 넘치는
합근례合卺禮 표주박 잔 오갈 때
구름 한 점 내려와
합환주合歡酒에

길둥근 웃음 섞으니
두둥실
내 마음
구름 자리에 오른다

우륵의 가락 타고
청실홍실 엮인 연분
천년을 가리니

사랑

둘이서 다니던 길
예쁜 꽃 심어 잘 닦아 놓고
자주 오고 가다
진눈깨비 내리는 날
삐끗하여
미끄러져 다치면
오고 가지 않아
그 길 위에
무성하게 자라는
잡풀

당신의 음성

모든 것이 정지된 정오
산들바람이 산 위에서 내려오네
정자 처마에 매달린 풍경
한들한들 흔들리며
그윽하게 딸랑딸랑
그 소리 타고 은은하게 들리는 음성
"예야 덥다 조심해라,
네 나이도 이제 만만치 않아"
당신의 다정한 그 음성
더 듣고 싶어 귀만 쫑긋

배신

파괴해야만
구원받을 수 있었다

이 말의 무게에 눌려
근본이 부서져 가고
진정되지 않는 피가 솟구치는
날들이 있었다
사랑 없는 너의 말
너의 몸짓을 떠나
새로운 세계로 향해야 했다

돌덩어리로
심장에 숨어
소리로 나오지 않는
불길에서도 타지 못할
땅에 묻어도 썩지 못할

파괴해야만 했다

매 순간 죽었다가
매 순간 살아나는
비바람 속에서
빛나는 번개 속에서
보이는 이 상황
파괴해야 했다

이렇게 머리를 떨군 채
피폐해져 가면서
걷지 말아야 했다

파괴해야만
구원받을 수 있었다

마중

이제
끝이 가까이 있다는 걸 알겠는데

곧 만나게 될 우리
이렇게 앉아서 널 기다리지 말고
차라리 마중 갈까
한숨 쉬듯 부르면서
저리 흩날리는 눈발 속으로
우리가 만나 그곳에 가면
말이 없는 곳이리라
말이 없어 그리움도
말이 없어 기다림도
말이 없어 노여움도 없으리라

상처받기 위해 온 이 세상
그래도 저 산 너머에
반짝이는 별이 있어
꿈도 꾸어봤었지

이제
낮은 오지 않을 테니
실컷
웃어나 볼까

두 갈래길

돌부리에 걸려
벌렁 자빠졌네
눈을 뜨니
망망한 하늘
아버지가 있네
엄마가 있네
형제들이 있네

구름 가네
유년 시절 따라가네

먼 곳의
당신들

아물아물
아지랑이로
머무는 나

겨울비

흩날리는
삶의 두 갈래길

길 찾는 말

여기서
꾸욱꾸욱 꾹꾹
꾸욱꾸욱 꾹꾹
저기서
꾸욱꾸욱 꾹꾹
꾸욱꾸욱 꾹꾹

내가 듣기에는 똑같은데
그들은 서로 다른 말을 하는 건가
아침마다 저들은 큰 소리로
저렇게 외쳐댄다

작별의 시간이 아직 남아있는 여기서
꾸욱꾸욱 꾹꾹
저들처럼 소리 지르면
그 부르짖음은 내가 잃어버린 많은 길
어딘가를 선택해서 그 세상까지 갈까

내가 알아들을 수 없는

자기들만의 비밀스러운 말로
진실의 깊이를 찾아내려 했을
비둘기도 결국 육체를 잃고
흙이나 바람이 되어
어느 강변에 이르면
꾸욱꾸욱 꾹꾹
저들의 말도 영영
내일을 모르는
지하의 강으로 파묻힐 테지

여기서
꾸욱꾸욱 꾹꾹

저기서
꾸욱꾸욱 꾹꾹

기억 저 너머

바람 소리만 또
천지 사방에서 휘청거린다

'와 언제든지
넌 내 꺼야 언제까지나'
귓가에 맴도는 메아리
눈에 가득 시퍼런 불 켜고
저 무저갱 속으로
들어갔다

오래된 말 속에 깃들어 있는 불꽃
그것은 곧 나를 향한 작별의
죄 없는 말
가슴에 먼지로 쌓이고
피투성이 울음을 삼키는
목젖 찢어지는 아픔
숨긴 발톱 사정없이 물어뜯는
피멍 든 입술
두 무릎 사이에 머리를 처박고

얼음보다 싸늘한 어둠 속에서
끈질기게 맴도는 환청
나는 그 말의 밤 속에서
부동의 돌처럼 눈멀었다

다시 시작하는 새벽은
영영 없는 것인가
여전히 바람은
천지 사방에서 휘청거리고

그 말

어렸을 적
친구들이 아버지를 부를 때
아버지란 말을 한 기억이 없어
산으로 뛰어가 외쳐 부르던
그 말

나날이
낙엽은 그 위로 떨어지고 또 쌓여
깊이 묻혀가고
혼자 있는 한없는 밤 속에서
곧 끝날 것 같지 않은
진눈깨비가 내려 얼고

가슴 한켠에 밀어 놓고
부드러운 바람만 부는 듯한
가식 위에서
심장은 부서져 가고

언제나

내 가까이에 있어야 했던
근원조차 파괴된
그 말

이제는
바람이 불어
펄럭거리는 언덕길 위에
떠도는
그 말

4부

꽃이었으면

한 마리 새가 되어

나는 뜨거웠다
검은 불이
타고 있었으니까

그림자를 밟으며
산을 넘어갈 때
불길은 하산 길에
사그라지고
두껍게 재가 붙었다

바람이 불면
재도
먼지가 되어
골짜기로
흩어지리라

그리하여
한 마리 새가 되어
산봉우리를 날 수 있기를

꽃이었으면

꽃이었으면
한철 피었다 지는
들에 핀 한 송이 꽃이었으면

바람 오고
하루살이도 오고
나비 오고
비바람 몰아치고
흔들리면서
휘어지면서
꺾이면서
자빠지면서
마디 생기고
마디 부러지고

한철 피었다 지는
그저 피었다가 지는
꽃이었으면
차라리

백련사 가는 길

고려산
자욱한 저녁 이내에 휩싸인
백련사 가는 길에
검불 태우는
매캐한 냄새 깔려있다

내 고향
뒷산 아래 드문드문
웅크린 초가집들 처마 밑
키 작은 옹이 굴뚝에서 나오는
가랑잎 태우는 누런 냄새
황토 부뚜막 아궁이 앞에
쪼그리고 앉아
저녁밥 짓던 우리 엄마

뽀얀 연기 가볍게
내려앉는 백련사 가는
길에 흰옷 입은 우리
엄마 날 기다리네

할미꽃길 저만치에
우리 엄마
서 있네

하얀 귀

교교한 암자

누구의 하얀 귀인가

그믐달 어른거리는
못물 위로
몇 개의 연잎을
자양화 한 송이
바라보다 떨어진다
물결 가볍게 출렁이다 잦아들고
바람도
마름 속으로 숨는다
종소리 서늘하게 떠나고
범종 같은 침묵 다가와
연꽃 한 송이 던져줄는지
안개 이불 삼아
연못 잠든 뒤

하얀 귀

혼자
일렁거린다

폐허 위에 서서

파도가 게으르게
들락거리는
모래뻘에
뿌리째 뽑혀
나뒹굴어 있는
검은 나무기둥

붉은 눈의 석양은
울음을 온천지에
쏟아낼 듯

어스름을 데려오는
바람이 일면
그것에 실려
낯선 폐허로 갈 텐데

저 멀리 바다 한가운데
있는 선바위처럼
바람맞으며

여기 서서
다시 오지 않을
새벽을 노래한다

초겨울 소묘

돌아오니
혼자 거실에서
웅크리고 있다

다시 밖으로 나간다
매달린 나뭇잎보다
떨어진 잎이 더 많은
나무들이 웅크리고 서 있다
푸르게
보낸 시간이 더 많은
저 나무
우듬지에서 떨어지는
매미 껍데기

해를 끌고 가는
바람 뒤에
차가운 달빛의
긴 길이 펄럭거리고

빛바랜 세상이
나를 보듬는다

쪽달의 미소

설악산 계곡에
너를 두고
떠난다

내 어깨 짓누르는
너를 떨쳐버리려
인천을 떠나 왔더니
화암사 계곡에도
단풍잎에도 너럭바위에도
너는 나보다 먼저 와 있었다
입산금지 그 철망에도

설악산 산모롱이에
너를 두고
빈 어깨로 돌아간다
돌아오는 대관령 언덕에서는
쪽달 향해 훨훨 날아도 보았다
쪽달도 두둥실

저만치 내리막길을 너는
전조등 환히 켜고 나보다 먼저
달려가고 있었다 나는
그 전조등 앞에 우뚝 섰다

드디어
설악산 산그늘은
쪽달의 미소로 아득히
산산이 부서져 가고 있었다

지금 나

3만 5천 피트 상공
구름밭 위로
비행기 날아가듯

아프리카 끝없는 벌판을
얼룩말이
달려가듯

풀숲으로 뱀이
미끄러져 가듯

광대 춤추듯

바람개비

진공 유리관 안에서
마루타가 모공마다 피를 뿜어내듯

원혼 시퍼런 하늘

바람 같은 흔적으로 돌듯

랜딩기어 바퀴가
단 한 번의 목숨으로 살듯

와서
지금 나
여기 있네

가을 어느 날

며칠째 귀뚜라미 울음이
이 세상을 채우더니
어젯밤에는
빗소리가 온 천지를
채웠습니다

밤새도록 비바람에 두들겨 맞으며
몸살을 앓던 나무는
황달에 걸린 나뭇잎들을
질펀하게 땅에
쏟아놓았습니다

떠나보낸 미련 때문인지
가늘게 떨고 있는
시커멓게 멍든 가지 끝에
나뭇잎 하나
간신히
매달려 있습니다

그 나뭇잎 끝을
물방울 하나
죽을힘을 다 해 붙잡고 있습니다
바람도 가던 길 멈추었습니다

눈시울에 맺혀있는
이 가을의 눈물입니다

위대했던 여름

나뭇잎 하나 뚝 떨어진다

내가 걸었던
나무의 궁륭 아래
그 주변을 맴돌던 불꽃
목덜미를 달아오르게 하여
나를 안심시키던
여름 데리고 뚝 떨어진다

내 영혼에
왕성한 나뭇잎으로 가득 채우던
유한성의 열기는
메마름을 끌어와
짧게 가버렸다

짙은 안개로 다가오는 가을빛은
저 우듬지에서
불그스름한 빛깔로 번지면서
죽음을 새기는

고통의 시간을 비추다가
산산이 흩어지리라

가지를 드러내는 황망함의
구원할 수 없는 계절
으스스한 바람 소리 가득한
그 회색빛 축제를
나는 포기한다

불통不通

쪽박섬*
나지막한 날망에
소나무 듬성듬성

잔가지 사이로
바람 지나가고

바다는
떨어진 솔가리 위로
그의 음성 보내는 듯

전화를 할까

나 여기 서서 널 부르면
내 음성 파도 소리 함께
너에게 닿을 테지만

수면 위에 깨지는
햇살 조각처럼

떠도는 마음

* 인천 대부도 서남쪽 귀퉁이에 위치한 섬

절반의 세상

탐스럽게 피었던 군자란
한순간에
뿌리에 떨어지듯
또 한 사람이 떠났다

오래전 주고받던
저릿했던 그 말들
우리의 몸짓들
그와 함께 절반이 묻히고

어느 날
황폐해진 세상에
나머지 절반이었던
나의 이름마저 묻히고 나면

우리
소멸되어 가는 길 위에
죽음의 별 같은
촛불을 켜리라

까치집

높은 나뭇가지 위에
까치가 집을 짓는다

까치 한 쌍이
소곤거린다

바람이 잘 통하게 높이 짓자
새벽을 빨리 맞이하게
높이 짓자
수리부엉이 날아오지 못하게
높이 짓자
달빛이 잘 들어오게
높이 짓자

칠석날
은하수 너머
가야 하니
높이높이 짓자

군자란을 보며

저도 혼자
외로웠나 보다
활기찬 빛 속에서 운명처럼
꽃이 되어 나온 걸 보니

너에게서 듣는다
어둠 속에서 시달려야 했던
확실치 않은 상처가 무엇이었는가를
한순간에 후루룩
지게 될 날의 두려움을

오늘 이 땅에서
따스한 네 얼굴 위로
세월을 짊어진
눈물을 흘리려 하느냐
피어남으로써 깨져버리는
세상에서

이 봄

너에 취해
잠시 내 눈길 머무니
울지 마라
뿌리에 떨어진 꽃잎
두어 개

그런 때

꽃이다
배수지 공원에도
벚꽃 매화꽃
창문 앞 화단에도
동백꽃 목련화

저렇게
고운 꽃이
내게도
핀 적 있었지

등불을 들고 가는 시인

이 찬 규(문학평론가 · 숭실대 불문과 교수)

"나는 거의 볼 뻔했다. / 백색의 뇌우 속에서,
나 없이 진행되는 그 무엇을." − 앙드레 뒤 부셰 −

선생님,

그간 잘 지내셨어요? 남녘에는 벌써 매화가 피었다고
해요. 저는 오늘 선생님의 세 번째 시집의 해설 제목을
생각했어요. 「등불을 들고 가는 시인」이에요. 예전에 선
생님이 들려주신 시각장애인 이야기가 생각났거든요.
한밤중에 등불을 들고 가는 시각장애인 말이에요. 행인
이 그에게 등불은 왜 들고 다니냐고 하자, 이렇게 이야
기했다고 하지요. "당신이 나와 부딪치지 않게 하려고
요. 이 등불은 나를 위한 것이 아니라 당신을 위한 것입
니다." 저는 시인이 그 시각장애인과 같다는 생각이 들
었어요. 시인은 영감을 받는 자가 아니라 영감을 주는
자라고 폴 엘뤼아르(Paul Eluard)가 명명한 그 시인 말이

에요. 그래서 제목은 생각했는데, 선생님의 시에 대한 해설을 어떻게 써나가야 할지 지금은 막막한 심정입니다. 시에 대한 해설은 시인이 들고 가는 등불의 빛으로 마냥 쫓겨나는 어둠 같은 것이잖아요. 저는 선생님의 등불이 어떤 해설로 인해 멈춰지지도 말며, 붙잡혀지지도 않았으면 좋겠어요. 하여 저 먼 곳의 별 하나가 눈물방울이 되는 길을 알려주는.

별 하나

어린아이처럼
엄마 가지 마
울다 울다 잠이 깼다
땀에 흥건히 젖었다
베란다로 나온다
창문을 열고 하늘을 본다
저 멀리
눈물방울 같은
별 하나

선생님의 첫 번째 시집은 『바다의 비망록』(2015)이었어요. 그다음 시집은 『시간과의 동행』(2020), 이제 곧 세 번째 시집이 그 탄생을 기다리고 있습니다. 새로운 탄생은 마지막이라는 시간 설정을 예감하듯 저버립니다. 『시간과의 동행』, 첫 쪽에 '시인의 말'이 실려 있었습니다. "5

년 후 두 번째 시집, 또 생각됩니다. 이건 정말 마지막 시집이라고, 촛불처럼 시나브로 타들어가는 생에 있어서 어려운 길을 걷지 말자 생각되었습니다. 그러나 이런 생각은 접어두고 그저 두 번째 시집이라고 말하겠습니다." 선생님은 이렇게 시간과 같이 걸어가고 계십니다. 시간이 가는 만큼, 선생님은 가자고 하십니다. 그러한 동행은 선생님의 시마다 푸르게 스며들어 있습니다. 선생님의 시가 미소짓고 있다면, 바로 이러한 동행에서 비롯되기 때문입니다. 덧붙이면, '시간과의 동행'은 어디에 이를까요. 그냥 죽음이라고 할까요. 그냥 그 동행의 매 순간이 죽음이라고 할까요. 그래서 삶은 모퉁이, 모퉁이마다 "그저" 조금 더 찬란하고, 고마운 것일까요. 시는 새벽과 노을 사이에서 '당신'이라는 삶을 호명합니다.

> 낡은 옷과 신발을 버리기 전에
> 저 모퉁이를 더 돌아야하나
> 저 모퉁이 돌면 하늘이 열릴까
> 아직은
> 매일 찾아오는 새벽을
> 믿게하는
> 당신이 고맙다
> 노을이 있어 찬란한
> 지금이 고맙다
>
> ―「시간과의 동행」 중에서

선생님과 만났던 몇 번의 시간이 떠오릅니다. 인천의 배다리 헌책방, 동숭동 어느 주꾸미 집 같은 장소들이 떠오릅니다. 막걸리를 곁들이곤 했는데, 지금도 슬쩍 침이 고이잖아요. 그런데 이상하지요. 선생님은 당신이 시인이라는 사실, 그리고 당신의 시에 대해서 단 한 차례도 말씀하신 적이 없으셨습니다. 이따금 이건 좋은 시라고 하며 남의 것을 읽어 주시곤 했던 것이 기억납니다. 시 제목을 천천히 대고, 시인의 이름을 호명하고, 시를 읽어 주셨어요. 저는 그때 선생님이 참 좋은 시인이라는 생각이 들었습니다. 선생님은 타인에게 자신을 시인이라고 드러내지 않을 수 있는 힘을 지니고 있기 때문입니다.[1]

프랑스의 시인 르네 샤르(René Char)가 했던 말이 있습니다. "좋은 시는 많지만, 좋은 시인은 적다." 샤르의 이 구절을 처음 보았을 때는 그 많고 적음이 거꾸로 언명된 것이 아닌가 하는 생각이 들었습니다. 하지만 이제는 샤르의 그 구절이 바르다는 것을 알게 되었습니다. 세계에서 가장 시인이 많은 우리나라에서 말이지요. 세계에서 무슨 무슨 시인 협회의 이사가 가장 많은 나라에서 말이지요. 자신이 시인이라는 말을 행사하고 싶어 안

---

1) "모든 힘은 동일자의 동일자에 대한 무능력이다. 여기서 '무능력'은 모든 힘의 부재를 의미하지 않으며 대신에 '~ 하지 않을 수 있는 힘'(힘의 단계에서 행위의 단계로dynamis me energein 움직이지 않을 수 있는 힘)을 말한다." (조르조 아감벤, 『불과 글』, 윤병언 옮김, 책세상, 2016, 68~69쪽.)

달이 난. 선생님은 스스로 시인이라는 말씀을 하시지 않지만, 대신 '하얀 귀'를 가지셨어요. "교교한 암자" 같은 하얀 귀.

하얀 귀

교교한 암자

누구의 하얀 귀인가

그믐달 어른거리는
못물 위로
몇 개의 연잎을
자양화 한 송이
바라보다 떨어진다
물결 가볍게 출렁이다 잦아들고
바람도
마름 속으로 숨는다
종소리 서늘하게 떠나고
범종 같은 침묵 다가와
연꽃 한 송이 던져줄는지
안개 이불삼아
연못 잠든 뒤

하얀 귀

혼자
일렁거린다

  선생님, "범종"같은 "침묵"이 다가왔던가요. "종소리 서늘하게 떠나"갔던가요. 다가오고, 떠나는 것들이 있는데, "하얀 귀"는 "연꽃 한 송이"를 하얀 문처럼 엽니다. 그 문을 통해 다가오는 것은 다가오고, 떠나가는 것은 떠나갑니다. 프랑스 시인 크리스티앙 보뱅(Christian Bobin)이 이렇게 말했던가요. "글쓰기란 넘을 수 없는 벽에 문을 그린 후, 그 문을 여는 것이다." 선생님, 저는 선생님의 시에 대한 해설을 잘 쓸 수 있을까요? 아니, 시작할 수 있을까요?

  초조한 마음에 선생님의 첫 번째 시집의 해설을 찾아봅니다. 아, 그런데 해설의 제목이 저를 단번에 주눅 들게 합니다. 「시뮬라크르와 PTSD의 무한한 연쇄 사이의 틈」이라는 해설의 제목에서 저는 아무것도 헤아리지 못합니다. 다행히 본문에서 제목에 대한 풀이 글을 발견합니다. "위의 제목 「시뮬라크르와 PTSD의 무한한 연쇄 사이의 틈」은 곧 「스크루지와 신데렐라 사이의 파우스트」이다. 그 동어반복은 독자를 절망케 할 것이고 김원옥식 그 운명애Amor Fati 안에서 환희하게 할 것인데 그것이 곧 김원옥의 시가 이루는 세계의 '희망'이기 때문이다."[2] 저는 이 해설 덕분에 하나 알게 된 것이 있습니

<hr />

2) 김영승, 「시뮬라크르와 PTSD의 무한한 연쇄 사이의 틈」, 『바다의 비망

116

다. 선생님의 시는 "독자를 절망케" 하지 않는다는 것입니다. 선생님, 저는 난해함으로 "독자를 절망케 하는 것"이 시의 미덕이, 시에 대한 무조건적 칭송이 될까 두렵습니다. 그 절망이 비록 "세계의 희망"이 된다고 하더라도, 절망이 순식간에 희망으로 변하는 그 행간의 부재가 두렵습니다. 이렇게 아픔이 아프고, "황매화지던 시절"로 "푸른 하늘"은 아득해지는데, 어떻게 독자가 선생님의 시를 읽으며 절망하겠습니까.

아픈 세상

푸르디 푸른 하늘
누가 죽였나
내가 자는 동안
내가 우는 동안

달빛 그림자 밟고 왔는데
나를 인도하던 달은
또 어디로 숨었는지

홀로 가야 하는 나에게
차가운 바람은 오락가락
사방 어둠 내리는데

록』, 황금알, 2015, 108쪽.

아득하게 흘러간
황매화지던 시절

아프다 세상이

　선생님, 오늘 밤에 보내주신 「시인의 말」을 잘 받아보
았습니다. 선생님은 거기서 인사를 하시네요. "반갑다
시야"라고요. 「시인의 말」의 처음도 "반갑다"로 시작되
고, 마지막도 "반갑다"로 끝납니다. 예전 시집들의 발문
에는 보이지 않던 이 환대는 어디서 비롯되는 것일까요.
이번 시집이 지난 시집과 확연히 다른 것이 있다면, 죽
음의 감각이 죽음에 대한 사유를 넘어서고 죽음에 대한
변증성을 걷어치운다는 점에 있습니다. 첫 번째 시집에
적혀있는 「시인의 말」의 일부분을 옮겨봅니다. "죽음은
곧 삶의 시작이기에 끝없이 연결되는 삶의 흔적, 소멸되
는 듯 보이는 본체의 형태가 재해석되어 나타나는 일종
의 윤회이기도 하다. 그런 이유로 나는 이 세상에서의
수직적 시간에서 만들어진 존재의 생성과 소멸의 영속
성을 생각하게 하는 근원에 대해 생각하고, 그것에 대한
모든 흔적, 그 후에 오는 최후의 흔적을 통해 이전 존재
에 대한 시뮬라크라를 끊임없이 시라는 형태로 그려보
는 것이다."[3] 선생님, "죽음은 곧 삶의 시작이기에"라는

3) 김원옥, 『바다의 비망록』, op.cit., 108쪽.

첫 글의 진실을 저는 아직 가늠하기 어렵습니다. 다만 이번 시집의 사정은 '죽음'이라는 단어를 사용하지 않으면서도, 죽음이 '곧' 우리에게 무엇을 건네줄 수 있는지 알려줍니다. 시를 반갑게 맞이하는 그 마음을, 그것도 선물처럼 말입니다. 『바다의 비망록』이라는 매혹적 이미지의 제목과는 달리, 첫 번째 시집의 「시인의 말」은 명상, 인식, 실존, 원천, 주체, 본체와 같은 형이상의 언어로 빼곡하였습니다. 하지만 이번 시집에 들어 있는 「시인의 말」은 꽃잎, 손, 그대, 소리, 햇간장, 흰머리, 고춧가루와 같은 구체어들로 지극합니다. 그리고 그 안에서는 언어의 골을 따라 살랑살랑 바람이 불어옵니다. "햇간장"이 "6월의 모란"으로 건너가는 그 경로에서 이미 우리는 그 시인의 말을 "가만히 좋아하게"[4] 됩니다.

> 햇간장 익어갈 때
> 흰 곰팡이꽃 피듯
> 나날이 나날이
> 흰머리 피어날 때를
> 무던히도 기다리면서
> 6월의 모란
> 쇠잔한 빛을 내면서
> 두어 개의 꽃잎
> 겨우 달고 있을 즈음과 같은

---

4) 김사인의 시집 『가만히 좋아하는』이라는 제목에서 표현을 빌려왔다.

나와 손잡고
가게 하려고

떠다니는
으스스한 가을바람 소리
더 이상 홀로 듣지 않게 하려고
너를 나에게 보냈구나

시야 반갑다

— 「시인의 말」 중에서

선생님, 시인이 시와 손을 잡고 갑니다. 그것도 "쇠잔한 빛"속으로 말입니다. 르네 샤르가 이렇게 말했었지요. "시는 언제나 누군가와 혼례하고 있으니." 선생님 덕분에 그 누군가가 시인 자신이 되기도 한다는 것을 알게 되었습니다. 그런데 그 "쇠잔한 빛"은 죽음에 대한 은유일까요? 허나 그 죽음으로 향하는 발걸음이 무거워 보이지 않는 것은 저만의 착각일까요? 3년 전에 쓰신 「시인의 말5)과 견주어보자면, 마침내 '말'의 권세가 사라졌습니다. 아, 그 사라짐의 이유를 선생님이 이제 조금 더 연

---

5) "아무리 나의 인생이지만 앞날을 내 마음대로/ 가늠하는 일은 하늘의 도리에/ 도전하는 행위인 것 같습니다./ 이렇게 가는 길이 순리이고 축복이라/ 생각하겠습니다./ 나약한 마음을 꿋꿋하게 세워/ 치열하게 이 길을 걸어가 보겠습니다." (김원옥, 『시간과의 동행』, 시와 시학, 2020, 5쪽.)

세가 드셔서 그럴 수 있겠구나 하고 일반화시켜 볼 수도 있겠습니다. 말에서 권세가 빠지니까, 말이 노래가 되네요. 선생님, 그렇다면 저도 얼른 더 나이가 들고 싶어요. "햇간장 익어갈 때/ 흰 곰팡이꽃 피듯" 말이지요. 선생님, 언젠가 북을 마련하셨나 봐요?

바람이 불지 않아

작년에 구입한 북
진양조장단으로
속마음을 토해내다가
내 북소리 어떠냐고
물어보았더니
북소리지 뭐가 어떠냐고 한다

북소리지 뭐가 어떠냐고?
혼자 중얼거리며
밤 산책을 나선다
밤공기는
소리 없는 울부짖음을
내게서만 맴돌게 한다
어떤 죽음의 별도
나를 어느 길로도 인도하지 않는다

낙엽 쓸어가는 바람

아니 광풍이나 휙 불면
흩어질 텐데

바람이 불지 않아서

구원할 수 없는 그대의 부재
이 미완성의 가을 밤

판소리에서 가장 느린 장단인 '진양조'는 소리를 밀기
도 하고, 풀기도 합니다. 그렇게 밀고 풀다가 길게 "속마
음을 토해내"기도 하지요. 판소리의 구성진 장면에서 이
진양조가 자주 울리는 연유를 헤아려 봅니다. 그런데 선
생님은 그 북소리가 속마음을 토해내는 것과는 다르게
진실해지는 것도 일러 줍니다. 누군가에게 "속마음을 토
해내"던 북소리가 어떠냐고 물으니 그냥 "북소리지 뭐가
어떠냐고", 그 누군가는 되묻습니다. 그 누군가의 되물
음이 시가 되고. 시는 우리의 생이 그런 것이라고 시나브
로 일러 줍니다. 시인은 밤산책을 나가며 홀로 다시 묻습
니다. ("북소리지 뭐가 어떠냐고?/ 혼자 중얼거리며/ 밤 산책
을 나선다.") 살다 보면, 대답을 단념한 질문들을 만나게
됩니다. 그러니까 "죽음은 곧 삶의 시작이기에"가 아니
라 그냥 죽음일 수도 있습니다. 그냥 죽음이지 뭐가 어떻
겠습니까. 시인은 그렇게 죽음의 별을 만날 것입니다.

어떤 죽음의 별도
나를 어느 길로도 인도하지 않는다

　북소리가 그냥 북의 소리이듯, 죽음은 그냥 죽음이라
서, 죽음은 이제 시인에게 어떤 길도 보여주지 않습니
다. "죽음의 별"은 다른 시에서도 등장합니다. 「절반의
세상」이라는 시입니다. "우리/ 소멸되어 가는 길 위에/
죽음의 별 같은/ 촛불을 켜리라". 시인이 밝힌 촛불은
"죽음의 별"로 비유됩니다. 촛불은 빛을 밝히기 위해 스
스로 자신을 소멸시킵니다. 소멸이 두려워 빛을 밝히지
않으면, 그것은 촛불이 아니겠지요. 모든 생명의 노정입
니다. 시인은 그 노정를 받아들이고, 죽음을 외면하지
않으면서 그것으로부터 초연해집니다. 그러니까 시인은
자신이 켜게 될 촛불에서 이미 "죽음의 별"을 봅니다. 죽
음은 상상을 넘어섭니다. 이제 시인의 곁에 그것이 "촛
불"처럼 항상 존재하기 때문입니다. 「시간의 불사조」는
시간의 영원성과 생명의 유한성을 동시에 감득한 시인
의 "지금"을 우리의 "지금"으로 보내줍니다. 삶만큼 죽음
도 그 '지금'에 있습니다.

시간의 불사조

아는 것
가진 것

하나 없는데
무엇을 보내야 하나
무엇을

활공하는 독수리의
멈춘 듯이 보이는 순간의
의미만이 있는 지금을
껴안고 있을 뿐

시간의 불사조는 늘
우리 앞을 날아간다 가볍게
노래하며 즐겁게
발걸음마다 새겨진 죽음을
엿보면서

스치는 바람은 죽음과 부딪치며
묵직한 휴식의 밤이 계속되리

　인간이 자신을 알려면 자신의 존재 이상의 것이 필요할 때가 있습니다. 이를테면 "그대의 부재" 같은 것입니다. 그러니까 죽음은 다른 한편으로 "그대의 부재"로 현존합니다. 「사랑」이라는 시가 있습니다. 어떤 낭만주의자가 사랑은 죽음보다 강하다고 노래했을까요. 사랑은 참 약합니다. "삐끗하면", 사랑은 "오고 가지" 못합니다.

사랑

둘이서 다니던 길
예쁜 꽃 심어 잘 닦아 놓고
자주 오고 가다
진눈깨비 내리는 날
삐끗하여
미끄러져 다치면
오고 가지 않아
그 길 위에
무성하게 자라는
잡풀

하지만 참 약한 사랑이 이상도 하지요. "그대의 부재"가 삶의 유한성 속에 얽히면서, 시인의 마음에는 "불멸"이 구성됩니다. 이러한 불멸의 가능성을 우리는 사랑이라고 부르기도 합니다. 시인이 「바람이 불지 않아」에서 "진양조"로 노래했던 "구원할 수 없는 그대의 부재"는 이제 「과거의 현존」에서 "현실에서의 너의 부재로"로 좀 더 가까워지고 확연해집니다. 시인은 이제 등불을 들고 영원히 걸어갑니다. 등불은 불을 밝혀서 그 무엇보다 뚜렷해지는 "그의 부재"입니다. 그 부재가 없었다면 지상에서 흐른 시간은 그저 유한한 것에 불과했을 것입니다.

어느 날
나는 죽음을 보았다
네가 죽음을 택하였을 때
네가 선택한 그 장소는
진지한 곳이 되었다
거기서 너는 영원히 지낼 것이다
너의 형체가 조금씩 변화할 때마다
더 이상은 분별할 수 없는 어떤 원소로
흙 속에 섞여
향기로 떠돌리라
그것은 내게 정령으로 돌아와
마음속에 남는 불멸의 것이 되었다
그리하여 현실에서의 너의 부재는
내 마음속에서 영원한 현존이 되었다

　　　　　　　　　　　－「과거의 현존」 중에서

　이번 시집의 제목은 『울다 남은 웃음』입니다. 살다가
보면, 울다가 웃는 일이 생기기도 하고 먼저 웃다가 나
중에 울기도 합니다. 우리 함께 슬픔을 견뎌내다가, 울
음을 울음으로 밀어내다가 그만 웃음이 터져버리는 일
도 있는 것이지요. 그러니까 살다가 보면, 세월처럼 지
나가는 것도 있지만 세월 너머 그 자리에 남게 되는 것
도 있습니다. 그렇게 남는 것들이 "하나 되는 날"이 옵니
다.

하나 되는 날

회오리 지나가고
먹구름도 지나가고
산은 남는다

제비꽃 피는 봄 지나가고
도토리 떨어지는 가을 지나가고
나는 남는다

푸른 산은
내게
푸른 그늘
드리운다

나
거기서 잠든다

시가 사무치게 고요합니다. 시인이 시를 짓듯이, 시는 남은 "산"과 남은 "나" 사이에 고요를 짓습니다. 그 고요는 깊어져서, 어떤 해설도 군더더기로 만들겠지요. 그래서 저는 묻습니다. 선생님, 우리는 언제 저 산처럼 기쁨과 슬픔에도 무심한 채 변치 않는 존재가 될까요. "그의 부재"라는 그 현존도 언제 저 멀리 떠나보낼 수 있을까요. 산의 푸른 그늘에 물들어, 이제 그곳에 남아 잠들면

될까요. 자연이 곁을 내주는 날이 오면, 우리 이렇게 노래를 부를까요.

> 너도 있고
> 나도 있어
> 이 세상 따뜻했네
>
> —「홀로 가는 구름」 중에서

등불을 들고 가는 시인이 보입니다. 저 멀리서도 반짝이는 시의 등불은 그이가 여전히 걸어가고 있다고 알려 줍니다.